小説

ルカの介護日記

与儀清安

Yogi Kiyoyasu

ブックウェイ

目次

表紙デザイン　２ＤＡＹ

小説　ルカの介護日記

（1）

ルカは、母のハルが、人々の幸福を願う神々の島と言われる沖縄久高島の出身で、この島には沖縄のいにしへを偲ぶ、雅やかな琉球王朝時代、東南アジアとの交易で一部混血の人もいた。その外で生まれた子供でも、その親族が育てるという習慣も島にはあった。

彼らは目鼻立ちがはっきりとし、女性はフランス人形のように容姿端麗で、すらっとした脚をしていた。

大阪に住むルカも、その血を引き、小学校の頃から七才年上の姉リサと共に清楚で美しいと近所でも評判であった。

初恋のときめきを求めてやまない中学校の時、日曜日の昼さがり、引っ掛け橋と言われている心斎橋の橋の上で女友達のトシ子と話し込んでいると、中年紳士からいきなり声をかけられた。

「私の会社の、雑誌モデルになりませんか」

ルカの家の近くに住む同級生のトシ子は、

「ルカー。向いてる、向いてる」と、手を叩いて喜んだ。

ルカは咄嗟の反応で、トシ子の嬉しそうな顔を見、微笑しただけである。

その中年男性は悪い人間には見えなかったが、騙されて恐い目に遭う女の子もいるという固定観念はあり、ルカは、この手合いの話には乗らず、二人は明るい表情を維持しつつ、その場を離れた。

それはルカ達にとって、確信の持てる青春の原風景でもあった。

この経験がきっかけというわけでもなかったが、ルカ自身、この頃から、機が熟せば雑誌モデルを足場に、女優の道も夢ではないという思いを抱くようになっていた。いつか、羨望《せんぼう》の的である、東京ガールズコレクションという歴史あるファッションショーに出演できる、実力のあるモデルになりたいという願望をその頃から持つようになっていた。
高校への受験勉強の合間でも、息抜き、がてら、モデル育成に関する本や、月刊モデル雑誌などを読み、我流ながらも、窓ガラスを鏡に仕立て、身を映し、体の熟《こな》し具合と、歩きながらの表情の作り方、肩の動きや、腕と両足の位置取りのバランスを、本気になって、

何度も練習を積み重ねていた。

ルカは将来の夢を母のハルには何も言わず、仲よしのトシ子だけには本当の胸の内を打ち明けていた。

トシ子は家へ遊びに来た時、

「応援するよ。あたしは大学へ行って、お薬の研究するよ」

と、いつも軽音楽を聞きながら机の上のポテトチップスを食べつつ、明るい声で言った。

彼女はその明るさがとっても魅力的であった。

「トシ子は、ゆくゆくは病院の薬剤師さんね」

ルカはそう言って、トシ子の将来も明るい展望が開けていくことを確信していた。

中学卒業後の進路は、親の勧めるまま、進学校である名門K高校へ一発で合格した。そして、同じ高校へ進学したトシ子と、朝夕の電車の中などで雑談中、真剣な顔で、

「わたし、絶対、モデルになるよ。大学へは行かない」と目を輝かせていた。

しかし、残念ながらK高校を卒業すると、お互い進路の違いから、次第に音信不通になっていった。

それは仕方ない事だ。

だが、何年か後、近所の公園で出合った時のトシ子の変わりようを、その時、ルカは、

知るよしもなかった。
母ハルと、父、敬一は小さい時から絶対音感を持つ姉リサの、縦型黒ピアノを弾くのを聴きつつ育ったルカが、姉と同じように音大に進み、音楽の道を歩むものとばかり信じていた。K高校の家族面談でも、母ハルが出た大阪芸大へ行きたいと言っていたが、いざ蓋《ふた》を開けてみると、卒業前に、勝手に東京の大手流通会社の面接を受け、就職がほぼ内定してしまっていた。
春休みの間を含めて、親に無断で車の免許も取っていた。
姉リサが生まれた時、母ハルの体が丈夫ではなかったこともあって、出産の時、多量の出血があり、輸血で命を凌《しの》いだ。軽い肝炎も発病したが、それも治まったあと、育児に専念するため、中学校の音楽教師を辞めた。その影響で、母ハルが、次女ルカを身ごもるまで七年の歳月を要した。

姉リサは狭き門であった東京芸大ピアノ科を出て、日本の名のあるピアノコンクールでたびたび入賞した。そして武者修行のため、欧州に渡ったが、オーケストラの花である指揮者を目指す将来的に有望なオーストリア人の青年と恋に落ち、日本へ戻ってこなくなった。多額の留学費用を何年も送金した、あげくの果ての結果で、両親は落胆した。姉リサのような事になるのを恐れ、ルカが親元を離れて暮らしたいと言うと、「とんでもない話だ」と、父、敬一がルカの東京行きを猛反対したのは当然の成り行きである。

しかし、ルカは父親に似て芯が強く、一度自分が決めた事は、他人に何を言われても、あまり耳を貸さず、飽くなき夢を求めて、家を出、ひとり、ひそかに東京へ旅立っていったのだった。

母ハルは別の朝、様々な思いを巡らせつつも、ルカの人生なのだから好きなようにしたらいいと、半ば諦め半分、東京行きを許し、家族間での軋轢《あつれき》を少しは緩和したのだった。しかし、ルカは、東京に出て三年の間に芽が出なかったら、言い訳なしで戻ってくるという条件をその時、固く約束させられた。

ルカは見習い事務員として働き、疲れてワンルームマンションに帰って来てから、限りなく輝く未来に向けて、煌《きら》びやかな想像の世界だけで、ランウェイを歩く練習を繰り返し行っていた。だが、そのウォーキングの技術は独特の雰囲気のある現場を何度も経験しないと、そうやすやすと、その技術を収得する事は困難である。なによりもプロと同じように躍動感のある芸術的な身のこなしは、内面から出る美しさを伴わなければならない。ルカは、自らが思い描く思うような調和の取れた身のこなしが出来ず、自信喪失というダメージが次第に蓄積されていった。技術には自信を持っていた、だけに、ネガティブな暗い気分だけが大きくなり、そのため、職場などでも人間関係がギクシャクし、十代の若さでは自分をうまく制御出来ず、ついに大手流通会社の事務職を半年余りで辞めてしまった。

父、敬一の反対を押し切って東京に出てきたけれど、やがてお金の問題で困り果て、無理を言って、母ハルに泣き付き、生活費を援助してもらい、仕送りの不足分はコンビニのアルバイトで凌いだ。

一般的には、素人オーディションや、路上スカウトなどで、プロダクションの練習生として所属してから、専門家のレッスンを受けるものだが、ルカの場合は、オーディションに参加する準備段階のため、北青山通りにあるモデル養成所へ自費で通い始めた。元モデルの先生の厳しい指導のもと、練習に励んだ。ランウェイでは左右の足の運びを一直線上に進め、視線はまっすぐ、一点を見詰め、中央での見せ場では内踝《くるぶし》の開きを約三十度ぐらいに保ち、ターンのあと、背筋をピーンと伸ばし、両肩を見苦しくない程度に後へ引き、首は肩に垂直にするのが理想的だが、それ以上に表情の豊かさが求められている。

五ヶ月ほど経った頃、日々のたゆまぬ努力の結果、ルカの実力は格段に上がり、高度のテクニックもマスターし、その時点でFプロダクションと正式に専属芸術家契約書を交した。

初めの頃は、アルバイトの時間を調整しながら、有名なモデルのアシスタントをしたり、飲料メーカーの宣伝ポスターに出たりの仕事があっただけだが、一年を過ぎる頃にキャリアアップと売り込みを兼ねて、M社から与《あずか》ったブランド商品をネット通販大手が特化販売するために、その協賛する特別オーディションにFプロダクションから参加するようにと、言われた。

その運営には多くのファッション関係者が携わっていた。

白いモダンな高層ビルの二階の広い部屋に、この業界で広告全般を手掛けるプロモーターや、ブランド服飾メーカーの審査員が列席するなかで、ルカは堂々と自己の存在感をアピールした。

これはハイレベルの戦いであった。

その元気良さと内面からふつふつと醸し出される表現力が、その時、服飾デザイナーAの目に留まり、この子は確かなテクニックを持っていると、言わしめた。

ルカはアイシャドーの濃い目を大きく開いて、各審査員の色々な質問にも淀みなく、てきぱきと答えていた。その結果、彼女は最終審査まで残り、日本でも指折りのファッションブランドメーカーが、特約する大手ネット通販M社の商品をテレビで紹介するモデルのひとりとして選抜された。

ルカは新しい人生が始まる喜び、高揚感を抑えつつ、オーディションを終えた。誰もいなくなったロッカー室で思いきり泣いた。

これまでの苦労がむくわれた瞬間であった。

肩身の狭い思いが一気に晴れ、翌日からは周囲の見る目や女性マネジャーの態度が急に変わった。その雰囲気が楽しく、嬉しかった。ついに少女時代の熱い思いが叶えられたのだった。

初めての仕事は、華々しく脚光を浴びるランウェイでの胸がトキメク仕事ではなかったが、駆け出し同然のルカは、何も言える立場ではない。茶髪に染めたセミロングのレイナとショートカットのルカ、二人一組でネット通販や服飾雑誌に載せる写真や、奇麗な動画の撮影の仕事だった。

同じFプロダクションで時々時間の合間に立ち話をするレイナとルカは、女性マネジャーを伴って、黒いロケバスで青山通りのBスタジオに約束の時間より少し早く着いた。女性マネジャーは手慣れた感じで先に事務室の中に入って、軽く挨拶を済ませてから、ふたりを髪、顔メイク、振り付けなどのため、一階の、片面の壁全面鏡になっている化粧室に連れていった。M社通販のブランド服などを着せるため待ちわびていたスタイリストが、別々に手際良く事を運び、各自の個性美を引き出すようにコーディネイトしていくと、化粧の豊潤な香りが部屋全体にひろがっていった。

業界随一の権威者のAデザイナーが約束時間ギリギリに、赤い愛車ジャガーで乗り付け、スタジオ内に入り、制作スタッフと打ち合せをした。専属カメラマンを含めたスタッフ達が急に張り詰めた緊張に包まれた。

「おはようございます」

皆は彼の方を見て、業界の挨拶をした。

「おはよう」と、右手を高く上げ、艶のある顔に微笑を浮かべ、冬でもないのにワインカラーのマフラーを首に巻き付け、足早に撮影室の方へ入っていった。そこには最終チェックを済ませたふたりが、すでにスタンバイしていた。ビデオ撮影と写真撮りを受け持つカメラマンとAデザイナーが待つなかで、アシスタントの女の子が背景の、明るい壁際にルカとレイナを立たせた。照明光を銀色レフ板で調整し、照度計を見、効率良く全体が輝くように反射光を当て、カメラマンがすぐ試し撮りのシャッターを連続的に切っていく。静けさの中でその音だけが室内に響き渡った。気合、充分なAデザイナーは、その傍らで腕を組み、時折、立ち位置と、身の向き方を修正し、ポーズや顔の角度、被写体との距離を煩《うるさ》く指示した。

「今までとは違う、君達の中にある、パワフルな美を通じて、M社ブランドの価値を高めてほしい」

彼は良く通る声で、彼女達から湧き立つリアルな美しさを引き出すために、本番の心構えを強く意識させた。

「ルカさん！。肩越しの流目が奇麗。そう、その調子。いい感じ」

ベテランカメラマンは彼女らの視線の持っていく先を誘導し、思い通りに操りつつ、この作品への自信を確かなものにした。また、彼女らもそれに充分答えていた。

そこには彼女らの充分過ぎるぐらいの洗練された美しさがあった。

カメラの撮影が終り、胸が大きく開いたセクシーな上下の服に着替えたルカは、ひとりだけ後の背景を変え、提携先のM社依頼で、決まっていたウォーキングを混えたビデオ撮影に臨んだが、先輩レイナが見守るなかで、明るい微笑を浮かべ、優越感というか、何か、気持ち良さを感じていた。仕事なので、この事でルカとレイナの関係が大きく変わることはなかった。華やかな世界で、Fプロダクションの仲間であると同時に、良きライバルである事も、充分知り尽しているはずだ。

ただ、この事以外レイナにはお金の事で黒い噂が飛びかっている事も事実である。

Aデザイナーは、大手ネット通販の仕事を、Fプロダクションの了解を得たうえで、いくらか少女の面影を残すルカの起用を、あのオーディションで決めた。

仕事が無事終って、Fプロダクションの事務所の近くで、黒いロケバスから降りて、遅い昼食を取るため、ふたりはオフィスビルの地下にあるレストランへ入った。

(2)

ルカの父、敬一は、京都の私立大学を出てS市の公務員になった。

無趣味であるが、仕事熱心で同僚との酒の付合いも良く、皆から好かれる人柄であり、昇級試験も受かり、やがて市の幹部職員になった。だが、ルカが単身東京へ行ったあと、小太りの体はいつしか痩せ、体力が徐々に衰えていった。単なる疲労ではなく、両足がむくむ事も多く、これはおかしいと、精密検査を受けた結果、末期の膵臓ガンが腎臓に二次転移しており、余命六ヶ月と診断された。S市の定期的な健康診断とは別に不定期的なガン診断も必要だったと、母ハルは、悔やんだ。病院の内科医師の診断通り、リンパ腺からの進行が思ったより早く全身疾患となり、放射線と抗癌剤などの治療を行い、入退院を繰り返したが回復は見込めず、手の施しようもなく本人の強い希望で自宅で息を引き取った。

葬儀にはS市市長をはじめ、多くの同僚達が訪れ、オーストリアから子供連れのリサ夫婦、東京からルカとその関係者も臨席した。

レイナからの弔電もあった。

敬一を看取ったハルは、相当に辛く、憔悴しきっていた。その喪失感から、残酷なほど急に痛々しく老けていった。ある時期から自覚のない軽い認知症が現れ、以前はつつましく静かな性格だったにもかかわらず、感情の起伏が激しくなり、あの寡黙さは消え伏せていた。しかし、当初は、特別問題になるような行動は見られなかった。

ハルはそれでもひとりで生活を営んでいかなくては、ならなくなった。彼女は知人の多い地元の婦人会や親戚のいる大阪大正区へ時たま出掛けては、その心の空白をそれで癒やしていた。

ルカはその後の母の暮らしをあんまり気にせず、自分の仕事だけに集中し、軽く見ていた。だが、数か月経ち、ルカのファッションモデルとしての活動空間がひろがりつつあった矢先、母ハルから思わぬ電話があった。

それは、

「あんた、お友達のレイナさんにお金を借りているんだってー。電話がかかって来たわよ。三十八万円、レターパックで返したわよ。駄目じゃないの。借りたものは返さなくっちゃー」という事で、ルカは母に怒られたのだった。しかし、彼女には身に覚えのない事柄であった。だから、驚きの方が先で言葉がすぐには出なかったのだ。

「おかあさんの言うことは正しいと思うけど、わたし、レイナから借金なんてしていないよ」

ルカは本当の事なので強弁した。

そう言えば、父の葬儀の四日前にレイナが実家の住所と電話番号を教えてほしい、電報を打つからと言っていた事を思い出した。何の疑いもなく教えたのだった。

「あんたが返してくれないって、泣きながら言うのよ。かわいそうにね」

ルカは必死になって、それが事実でないことを筋道たてて説明しようとしたが、母はその事実誤認を受けつけようとはせず、友達の言う事を鵜呑みにし、ただ、憤慨《ふんがい》するのみであった。

事情はこうだ。

レイナが付き合っている彼氏と近い将来、結婚する手はずになっていた。だが飲食店を都内で展開していた彼が金融商品に手を出し、失敗し、その金策に追われ、ルカまで巻きこまれてしまったのだ。だが、日頃のレイナは、ルカに対して誠実で人一倍思いやりがあり、とても詐欺のような事をする人には見えなかった。

レイナの携帯に電話をかけたが「お客様の都合でお繋ぎすることが出来ません」という音声が流れてくるばかりであった。メールも不着信となり、担当マネジャーに携帯で事情を説明した。すると、多くの芸能関係者から小口の借金があって、身を持ち崩し、関係修復が難しく、先日、契約解除されたという事であった。レイナの裏切りも、結局、お金の問題に行きついてしまう、空しさを、ルカは感じた。レイナが、ファッション界の表舞台から姿を消し、その人生を無駄にしてしまった事を考えてみると、憤りの感情が湧き上がるのを抑える事が出来なかった。

そして、友情が汚れ、崩れるというのはこういう事が切っ掛けなんだと、ルカは実感した。

ルカは、大阪の母ハルとの距離を置いていて、静観している事により、いくぶん、心の煩わしさが緩和されているが、母の面倒を見ない後ろめたさがいつも、心の片隅でつきまとっていた。しかし、一流モデルから女優への夢を追い続けていく事によって、それを振り払い続けていた。

ある日の午前十時頃、突然大阪のＰ警察署に保管されているハルに関する情報からＦプロダクションの事務所へまず電話があり、ルカ本人の携帯へ取りつがれた。

ルカは警察の話を聞いた。

それは早朝、人影のない高台住宅地をさ迷う母の姿である。朝、町を歩いている事が自然ではないという。今まで徘徊歴がなかっただけに、ルカにとって、すごくショックであった。人間の何かが、欠落し、何かが変容してしまったのかと、絶句した。

「警邏《けいら》中に地域住民の方から通報がありまして、自宅まで送り届けたんです」

地域課の警察官は抑揚のない言葉で極めて事務的に話した。

「散歩じゃないですか」

ルカは念のため聞いてみた。

「いや、あの姿は病気かも知れませんね」

警察官は警察としての立場を言ってから、

「ひとりで生活するのが、難しいかも」と、言葉を濁した。

ルカはこのような事があっても、自分自身に結論を出さなかった。だが、その後、広いキッチンで母ハルが何か料理を作っていて、アルミ製フライパンを焦《こ》がし、黒い煙が家じゅうに充満し、火災報知器が鳴り響き、近隣住民から苦情が寄せられた。その危惧する声を集約し、自治会の長からルカの元へ直接、苦言を呈する電話があり、もう、モデルの仕事を諦めるしか術がなかった。

ルカはFプロダクションの社長に直接、ものが言える立場ではないので、信頼の厚い上司にその家庭事情を告げ、残っている契約を解除してもらう旨を伝えた。辣腕社長から、当面、入っている仕事を消化したのち、契約を保留しておくという返答をもらった。再び、復帰する可能性を残したものと言える。
ルカは心の深い所で、何のために母の面倒を見るのか、割り切れない思いがあり、自己犠牲だと思いながら、既に決まっていたファッションショーに出演していた。しかし、人気モデルという自らの存在も、次第にもう空気が抜けた風船のように感じ、虚無感の中、東京でいくばくかの時間、漂流していた。

東京の下町でも結構高い家賃の、狭いワンルームマンションを引き払うため、生活に必要だった白物家電や、奇麗な洋服ダンスなどはリサイクル業者に安く譲り渡し、軽いノートパソコンと自前の服などすべて、宅急便で先に自宅へ送ってから、大きな白いボストンバッグひとつ携えて、大阪の実家へ戻って来たのは、決心して約二ヶ月後だった。その間も色々な事があったけど、ルカは忘れることにした。
母ハルには頻繁に連絡していたので、その当日、玄関を上がった所で、温かく出迎えてくれた。微笑を絶やさない娘の元気な姿に、孤独な気分が一時的に晴れて、ハルはかつての賢母のようだった。

山を造成した、平坦な中腹の、南向きの一戸建て二階六畳間で、東京から持ち帰ったものと、先に送った荷物を整理し、布団の敷いていないベッドの上に腰を降ろし、開けてある窓から外の家並みを見詰めた。

ルカの長い髪が時折風を受けて頬に絡み付く。休息をすがすがしく味わいながらも、これから先、何も決めていない不透明な暮らしを、どうしていけばいいのか、分からなかった。約六年間、モデルの仕事で充実感を堪能していたが、母の事をあまり考えていなかったのは事実だった。こうして、現実に母と暮らすことになって、不条理だと思うのは若い感情だ、からだろうか。

(3)

実家に戻って、一週間が経過しても、母ハルの問題行動は幸いにも起きなかった。

ルカがその頃、行っていたのは、夜が静かに更けていくなかで、寝床の中、家全体の物音を拾いながら、これは自分自身の杞憂にすぎないと思い込む事である。

人生の途中から自らの意志で自らの道を突き進んだが、おおむね親の敷いたレールの上で大きくなり、危機感を強める事はなかったのに。

しかし、現実から逃れることは出来ない。

生きる為には我が道を切り開くしかない。

母の残りの人生を見守り続けてもう働こうと、その気持を伝えることにした。

リビングルームでいつものようにテレビを見ていると、

「わたし、大丈夫よ。心配はいらない」と、母ハルが苛立ったように何の前提もなく、言い出した。

「本当に」

ルカは自分の気持を見透かされたと思いつつ、母の顔を覗き込んだ時、なぜか、ハルの表情に狼狽の影が走ったのを、見逃さなかった。

ルカは暫くの期間、考えあぐねた。

ずっとこのまま家で遊んでいる訳にもいかず、仕事に就くと、ブロンドに染めた髪、手足のネイルと、セクシーさなど、有用であったものが、無駄になることを受け入れざるを得なかった。

そこにはルカ自身のプライドを捨てた、計り知れない悲しみもあった。

責任の重い正社員よりも比較的時間の余裕が取れそうなパート社員を希望し、S市の人の多いハローワークに行った。

賃金面で希望する職種が見つからなかった。

何回か通った。

半月後、実家から片道で三十分以内の所にある大手航空会社の機内食を納入する給食会社の面接を受け、就職が決まった。それはベルトコンベアでの流れ作業で、清潔なパックに食物を盛り付けていく衛生管理がとても厳しい仕事だった。今までの、人々に注目され、自らの美を誇らしげに見せつける優越感と、高揚感を味わったモデルの仕事とはかけ離れていた。御喋《おしゃべ》りな大阪のおばちゃんの中に混じって、白衣を纏《まと》い働くのは抵抗があり、勇気がいった。総菜《そうざい》などパック詰めしていく時、手の動きが遅いと怒られながらも、歯をくいしばって踏んばった。

営業畑の男の人は、たぐいまれな美人を口説こうと、製品チェックの時も的外れな質問を繰り出しては、ルカをあきれさせた。また、別の人は用事もないのに帰り際や、休息時間に言い寄って来た。しかし、大人の激しい恋心を解き放つ場合ではなく、誘われても、ルカは冷めた視線で見詰め、一定の距離を置いた。

母ハルは時が経つにつれて、極端な物忘れが多くなり、理性を失う障害が進んでいた。

ある夜、階下から、いないはずの変な猫の鳴き声が聞こえてくるので、ルカは家じゅうを見回ったあと、母の部屋を覗き見すると、暗闇の中、布団の横でパジャマ姿の母が背中を丸めて、ハローキティちゃん人形を抱いて座っていた。電灯をつけると、「どうしたの」と、平気そうな、普段の顔で振り返って、逆に尋ねて来た。ルカはその様子を見て、これは変だと思いつつ、長い時間、そばで母を寝かしつけてから、自分の部屋に戻った。何度も病院の精神科へ連れて行こうと、誘ったが、いつも決まり文句で、

「わたし、どこも悪くないわよ」と同意せず、そして、ひどく怒ってくる。

母ハルの魂の深層部分で暗い何かが、大きくなり、段々と心の中に居すわりつつある魔物に飲み込まれつつあった。

脈絡もなく、ハルが初産の時、サクラという女の子が生まれたが、生後四ヶ月で亡くなった事を、心の重荷として語った。

母の目にはその子が見えるようで、もう、そこにはかつての教育熱心の厳しさは微塵もなかった。

ルカは、日々、仕事と母と、自分の生活全般に追い詰められながら、そんな母の動向にいつも、注意しているのだが、日が暮れて、二階のベランダの洗濯物を取り入れている時、ものの五分ほど目を離した隙《すき》に普段着のまま外へ出ていった。ハルは、顔見知りの人が何人か話しかけても、無表情で足を止めず、ただ目的もないのに早足で歩いている。

「サクラ、サクラ」と、低い声で呼び続けているようであるが、その姿は確かに尋常ではなく、異様であった。

ルカは下へ降りていって、いないのに気づき、念のため懐中電灯を持って、合成ゴムの草履を穿《は》き、母の足ではそう遠くへは行けまいと、ぽつぽつ家の明かりがともる住宅地を、もうこれ以上わたしを失望させないでと思いつつ、十分ほど必死に捜し回った。

やがて薄い闇の中で、そこだけが浮き立っている外灯の下で、物寂しそうにへたり込んでいる母の小さな姿を見つけた時、安堵し、走り寄って、

「おかあさん！。大丈夫？」と、顔色の冴えない母ハルを、後から抱きかかえた。

ハルは娘のルカを見返してから、五メートルほど隔てた他人のブロック塀の方に視線を向けて、

「あそこにサクラが立っている」と、本当にそこへ立ち尽くしているかのように言った。

ルカはすぐ視線を母に戻し、

「帰ろうね」と、優しい言葉を投げかけた。すると、ハルはハッと我に返って、明晰《めいせき》な顔を回復した。

「すまないね」と、自省の言葉を発した。

ルカは左手の懐中電灯で道を照らしながら、母の冷たい右手を強く握り締め、自宅の方へゆっくりとした足どりで誘導してやった。

家の中に入ると、鍵をかけ、汚れた母の靴を脱がし、母の居間へ連れていった。

「すぐに夕食を作るからね。テレビでも見といて」と言って、リビングルームに行き、エプロンを付けてから、広いキッチンに立った。魚の煮つけや玉子焼きと、青物中心の野菜サラダと、わかめ入りの味噌汁と、白いごはんを木製の古いテーブルに並べてから母を呼びに行った。

すでに気分が落ち着いているのか、その献立品を美味しそうに食べ、余裕の微笑さえ、見せていた。食欲旺盛であった。食べる事には何の問題もなかった。このままで、いつまでも元気にしていてくれたら、どのぐらい気持が楽なのか、ルカも食べながら思った。

休日、このままではルカが出来る事には限界があり、Ｓ市の福祉課をたずね、母の事で相談しに行ったが、審査を受け、介護基準にそって認定を決定したのち、福祉サービスを受けるようにと、指導された。けれども、S市の職員が、自宅に来て、色々聞かれた時、母はまったく正常に受け答えをし、何の問題も発覚しなかった。少しはおかしな点が見受けられたが、それは許される範囲内であるとの事であった。

ルカはその時から、自らの無力さを感じつつ、地域から孤立を深めていった。訪れる人はもういなかった。

あの、モデルとしての過日の輝きを失い、非常識な空間に身を置き始めていた。

このまま親子関係を続けていくためには玄関やキッチンの勝手口、そして、リビングルームのガラス戸の掃き出し口などを、町の鍵屋に外錠前の施工をしてもらった。窓などはカーテンで塞ぎ、外からの視界を遮断した。

ルカは仕事などで外出する時、必ず外から前もって鍵をかけ、母を幽閉《ゆうへい》した。もう戸締まりなどの心配は無用であった。

しかし、安心もつかの間、外に出られない母ハルは、S警察にしつこく電話を入れ、ルカは仕事先からS警察へ呼び出されるはめになった。S警察署に出向くと、自宅の方へ行ってほしいとの事であった。家に着くと、近所の交番から若い警察官が温和な表情を崩す事なく、車庫の横で待っていた。

「娘さんですか」

「はい」と、答えてから、玄関のアルミ戸の鍵を開けゆっくり引くと、おかっぱ白髪の母ハルが上り口の所で少しも動じる事もなく立っていた。

「どうしたの」

ルカは母に平常心で聞いた。

「あたし、娘に監禁されている。逮捕してー」

母ハルは激しい怒りを持って、娘ルカではなく、威圧的に、何故か玄関土間に立つ若い警察官に言った。

その言動は親とも思えず、まったく別の人格者であった。

ルカは溜息をつき、変わり果てた母から若い警察官に視線を向けた。本部からの連絡で町を巡回中であった若い警察官は、母親の話に耳を傾けつつも、彼女の態度にうっすらと気付くものを感じて、

「かなり問題があるようですが。一一〇番されると、確認が必要なので――」と、ルカに厳しく、注意することなく、そう言って帰って行った。

それ以後、外錠前を断念したその後、何日かたって、ルカは会社の昼休み時間などに、たびたび家に電話をかけたが、何度かけても、母ハルは、電話口には出てくれなかった。胸騒ぎを覚えたルカは、体調が優れないと、嘘の申告をして、勤務先を早退した。軽自動車を急いで走らせ、家に着くと、清掃の行き届いた母の部屋に母の姿はなかった。ただ、古い柱時計が時を刻む音だけが寂しく響いているだけであった。

いつも、朝食と母の昼食を作ってから職場へ向かうのだが、その日の朝も、正常で元気であった。

ルカは近くの駐車場や、いつも行く公園、また県道へ通じる道など、隈なくあたりを捜し回ったが、母の歩ける範囲は限られているのだが、どこにも姿は見つからなかった。

ルカは、緩やかな下り坂をおりて、多くの人で賑わう商業施設の方まで足を延ばし、道行く人にたずねても、知らない、というばかりであった。

心当りもずいぶんと捜したが、結局、見つからなかった。諦めて家に戻って、リビングのソファに腰をかけると、最悪の事態が頭の中に浮かんで来た。

S警察署へ事情を話すと、捜索願いを出しておいた方が良いとの事で、勧められるままに、届出を提出し、家に帰って来た。

静寂に包まれた居間の仏壇の前にへたり込み、観音扉を開けた。

カトリックに影響を受けていたが、母の安全が第一と思い、手を合せ、母の無事を祈ってから、姉リサへ国際電話を入れた。

相談したい強い思いが地球を半周し、暫くしてから繋がった。最近話したのは、ただ単に理由を言わずモデルをやめた時と、父が死んだ時に、電話した。そして、葬儀のために関空に夫婦と女の子が着いた時で、今回で四回目である。

姉リサは最終的にオーストリアのウィーンを起点として、育児、家事を熟《こな》しながら音楽活動を行い、定住するつもりでいるらしい。

「どうしたの。何かあったの」

その言葉はルカが家で大きな変化が起こると、時差を考えず、国際電話をかけて来る事を知っていたからだ。

「ずっと、前から姉ちゃんに言わなくてはいけないと思っていたけど、心配するから言えなかった。おかあちゃんが大変なのよ」と言ってから、一息ついて、今の情況を打ち明け、数々の異常行動を説明し終ってから、

「ほうぼう捜したけど見つからないの」

「警察の方へは家出人届けを出したの」

姉リサは別段驚く事もなく、平然とたずねた。

「出したよ」

そこで姉リサは黙ってしまったので、ルカは、

「わたしはモデルをやめた。わたしだけに責任を押しつけられるのはしんどい」と、訴えかけた。

「そうね。ルカの判断が誤っているとは思わないけど、母が残りの人生も幸せになってくれればいい。ごめんね」

リサは心の底から謝った。そこで傍にいる子供が泣き出したので、

「近いうちにわたしの方から電話するね」と言って、冷淡にも一方的に切られた。

(4)

母ハルは、少女時代の大半を過ごした久高島へ行くために沖縄へ飛んだ。

何度も法事などで行っているので、旅の手順は分かっていた。

南城市の知念半島の沖、紺碧《こんぺき》の海に囲まれた細長いサツマイモのような形の、扁平な、神々が舞い降りる久高島へ向かう安座真港の船着き場へ那覇国際ターミナルからタクシー

でようやく辿り着いた。
ハルの父は戦前、フィリピン・ミンダナオ島へ開拓農民として渡ったが、戦況の悪化で現地徴集で軍属となり、共産ゲリラと戦った。がっしりした体格で、源心流という沖縄空手の名手で若い頃、島の神事の余興として演舞していたという。密林の中で何度も殺されそうになったが、一対一になった時、空手のおかげで命拾いし、敗戦を迎え、久高島に戻って漁業に従事した。しかし、この戦争の辛い体験は島の誰にも話さなかったそうだ。島一番の美貌の娘と結婚し、三人の子供を授かった。上、二人は男で、末っ子がハルである。頭の回転が早く、音楽好きの可愛いハルは、久高中学を卒業すると、本土の公立高校へ進学のため大阪大正区に住む親戚を頼って、久高島を離れた。日々、勉学に励み、苦学して公立高校を出、国の奨学金をもらって、大阪芸大を卒業し、教員免許を取り、S市中学校の教員になった。縁あって、S市の職員であった敬一と結婚し、リサと七つ年下のルカが生まれた。

久高島の徳仁港へ渡るには、安座真港から高速船と小型フェリーが一日六往復出船している。計十二便が相互に沖縄本島と離島を結んでいる。久高島へ行く午後の第五便の高速船が出たあとだった。

防波堤の内海は海水の流れが少なく、ただ青く澄み切っていた。その船着場へ向かう広い道の白いフェンスにハルは凭《もた》れかかっていた。ハルはただひたすら伝って来る波の音に包まれ、悠久の時を待っていた。息詰まるような青い空のひろがりと相俟って、時間が止まっているかのように見える。ハルは肩にかけた茶色の布カバンを右手で抑えつつ、久高海運待合所の方へふらふらと歩いていくと、乗客が降りたばかりのタクシーが止まっていたので都合良く乗った。

「那覇――」とだけ小さな声で運転手に言った。

擦れ違う車が多い片道一車線の、那覇へ向かう二三一号線をひたすら走る車内からハルは、山城湾を望む穏やかなエメラルドブルーの海を瞬きもせず、ずっと眺め続けていた。

何分経ったのか。

夕暮れ前の濃いオレンジ色の光の乱反射に、居心地悪さを感じてか、突然震え出し、目をつぶってしまった。日焼け顔の運転手は一定のスピードを保ちながら、沖縄の人ではない、身奇麗な身だしなみの中年女性をバックミラーで時々注視しつつも、その変化に気付いていた。

南国情緒豊かな那覇の町に入ると混雑し、米軍の軍用トラックが混じる車列の中で、「どうかしましたか。気分が悪いんですか」と、後を振り向かず、声をかけた。

ハルは目を閉じたまま、急な記憶の剥落で判断力が低下していた。対処する方法を見出さないで、身を小刻みに震わせながら、行くべき目的地を見失って、不安の気配を漂わせていた。運転手が何度たずねても、何も答えてくれない。

タクシーはさらに進み、よく整備された安全な路肩に止まった。

「那覇の町ですけど」と、今度は後を振り返って、いぶかしげに見た時、ハルは目を開けた。その時、目が合ったが、彼女の目に冷ややかな狂気の色が流れていた。運転手は少し動揺し、この乗客の対応に苦慮し、会社の方へ指示を仰いだ。会社はM署へ出動を要請した。ものの八分ほどでパトカーが来たので、運転手はひとり降り、改めて事の顛末《てんまつ》の詳しい事情を報告した。警察官の立会いのもと、乗車料金、五千円余りを清算し、安堵色を顔に浮かべて、その場を去っていった。

ハルはパトカーの後部座席に背中をもたれさせ、定まらない視線を車内に泳がせていた。見た感じでは、何日も家に帰っていない独居の人には見えなかった。事件性が薄いと見たてた経験豊かな髭の濃い警察官は、相変らず黙秘をし続けているハルに、根気良く優しい言葉をかけた。本人の同意を得て、

茶色布カバンの所持品を確認したところ、ルイ・ヴィトンの財布には八万円余りのお金が入っていたが、身元を証明するものは何もなかった。そこで本人を保護するため、M署へ身柄を移した。

エレガントな中年女性の詳細を調書にしたため、行方不明者の全国検索システムの情報をパソコンで検索した結果、状況が動き、特定された。

大阪のS署へ照会した。

身元が判明したのである。

M署の殺風景な保護室の中で、ハルは憮然とした顔付きで椅子に座っていた。

「あなた、住田ハルさんですよね」

付き添いの婦人警察官が聞くと、

「はい」と、小さな声で返事をした。

沖縄のP署からルカの元へ連絡が入ったのはずいぶんと遅い時間だったが、運良く那覇行きの最終便に間にあった。

飛行機の中は明るかったが、外の空は暗かった。那覇空港に着くと、タクシーでP署へ直行した。母ハルが待っている保護室に案内されると、疲れ果てて物思いに沈む母と対面し、スマホで市内のホテルを予約してからP署を出た。

「あした、大阪へ帰ろうね」

その時は何を言っても無駄と思った。

P署の前で、タクシーを待つ間、母の細い肩を軽く撫でてやると、

「うん。うん。分かった」

娘の優しさが伝わったのか、うなずいた。

タクシーでホテルに着くと、「何か食べたい」と言うので、出前で焼きめしと味噌ラーメンを注文した。一日中何も食べていない母は、がつがつと、むさぼるように食べていた。

「どうして、沖縄へ来たの」

母ハルは、ふと食べる動作を止め、ルカの顔を見上げた。

「おとうさんとサクラが久高にいるから会いに来たのよ」

「じゃ、明日行こうか」

「親孝行していたら、いいことがあるよ」

母は嬉しそうに言った。

ルカは相づちを打って、窓際に立ち、左右のカーテンを引くと、沖縄の街の明かりが奇麗に見えた。もう、何も考えなかった。じっとしていて食べ終ったのを見とどけると、ダブルベッドの上に母を寝かしつけたルカは窓際に戻り、服を着たまま、ソファに横になっ

た。だが、一睡も出来ず、外がしらみかけた早朝に睡魔が襲って来て、浅い眠りに落ちただけである。心労のためか、ルカの瞼は腫れぼったく、ノー・メイクの目の下に薄く隈が出来ていた。

会社には高熱が出て、休ませてほしいと連絡した。

ルカとハルは市内中心部に位置するホテルを出て、タクシーで那覇の町から知念半島の先にある安座真港に向かったが、あのルカを悩ませていた母の理性を欠落させた狂気は、殆ど影をひそめて、見せなかった。港の静かな待合所の前でタクシーを降りた。小一時間待っていると、久高島へ向かう人達が群青色の水平線を見渡せる船着場へ移動していく。ルカは母の細い腕をつかんで、その後に続いた。薄いコバルト色の内湾の防波堤に、深く麦わら帽子を被った人が、ひとりだけ釣りをしている。高速船「ニューくだか」が時間どおり接岸され、数人の乗客が降りると、待っていた人達が乗船していく。

出航した高速艇は爽快に風を切って、強烈にスピードを上げ、無限にひろがるエメラルド・グリーンの魅力的な海を切り裂き、ものの十五分余りで低平な久高島の徳仁港に船は着いた。

小さな島なのに比較的広い道路が整備されている。フィリピンプレートが沈み込み、古代珊瑚礁の死骸である隆起した石灰岩から成る島である。その石灰岩の塀で囲まれ、太陽の日射しに映える白いセメントに縁取りされた赤瓦の屋根の古い民家も、南側に集中する集落の中に見受けられる。

農業と漁業を生業とし、古代信仰が息づく不思議な島である。

集落の中程に現役漁師である母ハルの兄が住んでいる生家がある。二人が家に入ると、風通しの良い八畳間で昼寝をしていた兄は突然の訪問でびっくりした様子であった。来た訳を母ハルの代わりにルカが伯父に伝えた。ハルが、神話の舞台でもある、沖縄創世の神々の霊力が圧倒的に強いフボー聖地へ行きたがっていると、伝えた。そして、死んだ夫敬一とサクラの御霊を持ち帰るとの、変な事を言っているとも付け加えた。

頭の髪が薄くなった伯父は詳しい事情を知らず、事の意外さに、少なからず驚いたようであったが、ルカが伯父を母から離れた玄関先に手招きし、今までの事情を詳しく耳打ちすると、日焼けした顔の伯父は困惑の表情を見せた。ルカが伯父を招き寄せる様子を見たハルは、「あたしを馬鹿にして」とまた突然、例のごとく、怒り出し、暫く興奮状態が続いた。

兄は沖縄の方言で妹であるハルを宥《なだ》めた。

兄は妹のハルを後に従えて、両親及び祖先代々が祀《まつ》られている沖縄独特の仏壇に台所にあった泡盛を供えてから、茶色の線香をたき、合掌し、何か口上を方言で口ずさんだ。

ルカは宗教文化の違いからその席には加わらなかった。

三人は両脇にさとうきび畑が続き、時折、海岸へ向かって雑木が茂る島の、旧暦のお盆に島の各聖地に舞い降りた神々が、再びニライカナイへ帰る時に通る神の道を、三キロほど軽自動車で走り続け、道端で降りて、海側の方へ行く神聖な空気に包まれた、静まり返った細い道を歩いていくと、亜熱帯特有の、肉厚な葉のモンパやクバの木々が生い茂る小さな森の中に島の七つの聖地のひとつ、フボー聖地がある。周辺の原始的な木々がうっそうとその霊地を囲み、霊力を保護しているようであった。

荘厳な雰囲気で時間という概念がそこで止まっているかのように見える。

雑木の切れ目が入口で、すぐに足止めになった。

これ以上は古代、邪馬台国《ヤマタイ》の女王、卑弥呼《ヒミコ》の流れに通じる男子禁制地であり、また、ニライカナイから来たアマミキョ達、先祖の神々の降臨する霊感スポットで、島の人々でも神事が遂行される広場の円形祭場へは祭礼の時以外は何人も入れない。自然のものは神の持ち物である以上、いっさい持ち出し禁止だと、伯父は付近を指さしながら言った。ハルは過去を感じる場所に立った時、人々の不老長寿と五穀豊穣を啓示するイザホイーという神事を追憶しつつ、久高祝女《ノロ》のようにその場で天を仰ぎ見、胸を反らせながら細い手をひろげて、中空にかざし、何か、呪文のような言葉を沖縄の方言で長い間口ずさみ、やがてイザイ山から神託を得た神々が舞いおりた。

ハルは、不動直立のその行為をやめようとはしなかった。

神々は優柔不断だった。

やがて霊が降臨し、それにみちびかれたかのように、陶酔していった。

ルカには母ハルの行為は、理解不可能な仕草であった。

「やめよう。おかあさんー。帰る時間が迫っているよ」

ルカが優しい言葉で説得を試みたが、母ハルは人間の発する言葉をもう信じず、黙殺した。

「うちに泊っていけばいいさ」

伯父は困り果てているルカに救いの手を差し伸べたが、母自身も生家への憧憬を示さなかった。

不気味な沈黙の時間が流れた。

ハルは祖先の神々の霊力を授かっていた。

そして、ハルはその精神的疲れに、頭をかかえ、しばらく現実の悔悟に取りつかれた。


ルカとハルは、島の港まで伯父に見送ってもらい、帰路に着いた。


那覇空港から飛行機に乗った。

母は二時間余り死んだように眠り続けた。

母ハルに、異変が起きたのはそれから数日経ってからである。

それは現実の生活から著しく遊離し、遠い過去の記憶を具現化する行為であった。

背景のない無限の空域で出現したものである。サクラという赤ちゃんが成長し、着物を着た姿と、若かりし敬一が、深い笑みを浮かべて、ハルの前に佇んでいるのである。その周りを頭に大きな扇子を頂く白装束の、女シャマン達が、円舞いの同じ動作を音もなく延々と繰り返している。これは久高島に古くから伝わる十二年に一度、うし年に行われていた、あの奇祭イザホイーである。母ハル自身も、異次元の世界へ倒錯傾倒していく。彼女の舞いは狂乱に近かったが、興奮が頂点に達すると、胸を大きく波打たせ、やがて意識を失った。

母ハルの居間に不動の静寂が腰をすえた。


その日、ルカが久しぶりに出勤して、家に入ったとたん、母の姿を見て衝撃を受けた。最近、少し伸ばした洗い髪のまま、どこからか持って来た白い着物を着た母が、居間の中央で倒れていた。母を抱き起こし、身を右左に揺すぶった。

「おかあさん。おかあさん」

ルカは同じ言葉を連呼した。

すると、血の気が消えていた母の表情が一転変化の兆しを見せ、かすかに目を開けた。

それは、彼女の脳裏だけに現われていたサクラ、敬一が消えた瞬間であった。

「おとうさんとサクラがいた」と言い、覚醒された現実がどことなく寂しそうであった。

ルカは改めて、母をこのままの状態にしておけないと感じた。

そして、公立の総合病院の脳神経内科を受診させるため、翌日母を朝早く起こし、よそ行きの服を着せ、

「御飯を食べたら、病院へ行くよ」と、誘いの言葉をかけた。

するといつもの口ぐせで、

「どこも悪くないよ」と言う。

「おかあさん。それが病気です」と、きっぱりとルカは言うと、母の狼狽ぶりは異常なほど大きかった。

「訳が分からんわ」

母はふてくされたように言い放った。

だが、そんな母の言い分を認めるわけにはいかない。

朝食をふたりで取ったあと、母の意志を押し切るように無理矢理車に乗せ、一時間ほど走って、S市の外れにある木立に囲まれた近代的な建物の公立総合病院に到着した。多くの疾患をかかえる人達と、罹患《りかん》した人の関係者がごったがえす受付ホールに立つと、母は少しだけ驚いた顔をしただけで、もう何も言わなかったが、受付カウンターの前まで来ると、

「あたし、誘拐されてここへ来たの。誰か、警察に言うて」と喚いた。

各科へ受診する人達が、何事かと、ルカ達をまじまじと見、ルカは顔が紅潮していくのがわかった。

精神的廃墟の中、哀愁感を味わった。

待ち合いの時間、お互い顔を見ず、二人に濃い沈黙が流れた。

看護師の問診に必要事項をルカが書き込み、深い吐息をもらした。

ずいぶんと待ってから、受付番号が診察室の前の白い提示板に表示されると、ルカは母の手を取って、黒いソファから立ち上がらせ、先導して、手動開閉の診察室の中へ入っていった。

母は底知れぬ恐怖心から体を固くして、いささか抵抗の意志を見せた。

「健康診断だからね」

ルカは母の性格を知っているゆえ、普段より真面目に持ち掛けると、ハルは極度の緊張のあまりから目は怯え、ついに、失禁した。臭気が少し漂った。想定外の出来事に、随伴者としてルカは狼狽した。看護師が介護用品で応急処置をしたあと、メガネをかけた細身の精神医は、ハルの行為にもひと言も言葉は発せず、静かな視線でハルを観察したのち、改訂長谷川式簡易知能評価スケールに基づいて母に色々な事をたずねた。しかし、母は反応を示さず、質問には限界があった。

耳を傾けるが返す言葉がなかった。

医師は、加齢ではなく、それ以外の病原を探るべくＭＲＩでの画像診断も必要と、別の階へ行くように言った。ハルは嫌がったが、無理にエレベーターに乗せ、五人ほど待つ黒いソファに座り、順番の列に加わった。

ＭＲＩを無事取り終えて、廊下に出てくると、目がうるみ、額にも汗が光っていた。ルカはハンカチで拭ってやった。

「あんな、変な音の中に入るのはいやだよ」

「よく、がんばったね」

ルカは神経質になっている母を落ち着かせた。

再診察で一階の診察室に入ると、ＰＣの画面上に、ＭＲＩで撮影した海馬《かいば》部位の脳映像がすでに映し出されていた。

二人は医師の前に座った。

「この部分です」と、彼は温和な表情を少し固くし言ってから、

「アルツハイマー病ですね。初期ステージが進んでいますね」と断定した。

ルカは外見上はそれほど支障がなくても、時々、変な行動を起こす原因が確定した事で少しは安心した。だが、その病気の知識は殆どなかった。

アロイス・アルツハイマーというドイツの精神医が一九〇六年、アウグステという進行性麻痺の五十二歳の女性の脳を解剖した結果、脳のもつれた糸と垢を発見（ダウエ・ド

ラーイスマ著・鈴木晶一訳による）、これでごく普通の老化現象ではない、内因性の病気である事を初めて解き明かした。現在では脳内でいくつかの酵素産生反応を経て、脳にタウという物質がアミロイドベターという物質を大脳皮質に蓄積させ、神経細胞がネクローシス（壊死）し、症状が現われるという説が、有力説になっているが、完全治療の目処はたっていないのが実情だ。ただ、抗原アミロイドベターを標的とする分子標的新薬の研究も進んでいる。

このような訳で治療の評価は厳格ではなく、有効性は限定的なものになっている。

そのため、

医師は、投与する薬を幻覚に良いセレネースや徘徊のグラマリールを考えたが、まずは薬の事なので、

「お薬で病気の進行を遅らせることが出来ます」と、アメリカで初めて治療薬になったアリセプト（ドネペジル）という、脳内の記憶を回復する薬を処方した。

「これで認知の様子を見ましょう。もし、吐き気や下痢が続くようでしたら来て下さい」

その言葉で診察の終りを二人に告げた。

(5)

ルカは、アルツハイマー病と共にある母ハルの日々の危うさから来る、底なしの不安の高まりの中で、さらなる怒りの感情を抑え続けていた。これから先、病気の進行具合によって、どうなるか分からないが、いつか、また、モデルの世界へ復帰出来たらと、切ない思いを馳せていた。だから、自分の時間が少しでも作れると、異変が起こった時のために、いつも待機している母の居間の隣の部屋でなく、二階の自分の部屋で、気晴らしに自分が出演した、かつての、ファッションショーのCDや、PC、BSテレビなどで外国のファッションショーを見たりし、表情を和ませ、その、わずかな、ひと時を過ごす楽しみを生き抜く糧《かて》とした。

ある日の夜中、母の様子を見に行くと、仏壇の前で電気をつけないままハローキティ人形を抱き、黙って座り込んでいる。花模様のあるシルク布団の中に寝かしつけ、うつらうつらし、小さな寝息をたて始めてから電気を消し、また、隣の四畳半の部屋に戻って、冷たくなった簡易ベッドの中にもぐり込んだ。

今夜だけは、外に出ていかないようにと願った。

だが、ノン・レム睡眠の中に微睡んでいて、ふと目覚め、トイレに立っていった帰り、暗い母の部屋をそっと開きにいった時、母の姿がなかった。「ああー」とルカは大きな声を上げたあと、深い溜息をもらした。

その頃、首に住所・氏名が書かれた白い札をかけたハルはパジャマ姿のまま、自宅から二キロ離れた比較的車の多い県道を、白いキティ人形のぬいぐるみを、抱いてふらふらと歩いていた。あたりは、夜間トラックのクラクションで騒然となり、しまいに立ち往生して、交通がマヒした。数台のパトカーが悲鳴に近いサイレンが深夜の町に響き渡らせ、現場に急行した。道路の中央でへたり込んでいる、白髪がざんばらの中高年女性には、別段怪我はないようである。いつまでも歩き続け、迷い子になってしまったようだ。この騒ぎで沿道の住民も見物に出てきていた。

ルカが、服を着替えていざ、外へ出ようかと思った時、玄関の外が急に騒がしくなってから、警察車両から降りた警察官がアルミ製の引き戸の横のインターホンを鳴らした。

ルカが外へ出て見ると、パトカーの中に母の姿があった。

「もう少しで、はねられるところだったんですよ。なんとか、なりませんかね」

出迎えたルカに若い警察官は、厳しい言葉を投げかけてきた。

「ご迷惑をおかけします。気をつけてはいるんですけど」

ルカは言い訳的に言って、母がパトカーから降り、玄関の中に入る時、体を支えながらも、心が折れそうになった。ハローキティ人形を母から離し、椅子に座らせ、すぐ湿らせたタオルで汚れて少し血がにじんでいる足裏を拭き、アルコールで消毒をした。


ルカは日曜日の十時頃、出来る範囲の家事を早く済ませてから、久しぶりに買い物客で賑わう町中の大手スーパーに母を伴って、買い物に来た。母に寄り添いつつ、母の好きな食べ物を選んで、備え付けの買い物カゴに入れた。

母は幸せそうであった。帰り際、昼食を作るのが面倒なので、幕の内弁当と、お茶を二つずつ買って、銀色に輝くジェット機の離着陸が見える大阪湾の沿岸にある小さな松林の公園の前に車を止め、陰になっている木製のベンチに二人は腰かけた。すぐ目の前は人工浜の海岸で、海水浴シーズンから外れた時期で人影はまばらであった。

母は手渡された幕の内弁当のサバ煮つけを、美味しそうに食べ始めた。一心不乱で食べる母ハルの姿は、精神がそれほど傷んでいるようには見えなかった。

ルカはこの時とばかり、勇気を出して、

「おかあさんー。銀行の暗証番号を教えて。わたしの給料だけでは生活が限界」

母の反応を探りながら、出し抜けに言うと、突然、食べるのをやめ、ルカの横顔をにらみ付けた。

ハルの眼光の鋭さがルカを怯えさせた。

「あんた。あたしのお金を取ろうとしているの。警察に言うよ」

母は案の定、いつものように娘の言葉を理解する事を拒否し、怒り出した。母がひとりいる時のために、家の中で母の居間だけを改造し、勝手に外出出来ないようにしようと目論んでいた。

ルカの目に涙があふれて止まらなかった。

「おかあさんの部屋を美しくしようと思うんだけど」と、暫くして、ルカは考えていた一部分を言った。

「何で」

ルカの母を思う愛と、ハルの憎悪感が相反する場面である。

「おかあさんが車椅子でも暮らしていけるようにと思うの」

ルカは諭すように優しく言った。

「あたし、どっこも悪くないわ」

母ハルは追い詰められていくものの、反論として、そう言ってからまた、何事もなかったかのように、幕の内弁当に箸を向けた。

ルカは俄《にわか》にまんだらな雲が湧き出すと、暫く太陽の光が大部分吸われ、その雲間から残ったいく筋もの光が帯となって降りていく光景を眺め、自分は食べず、母が食べ終るのをじっと待っていた。

母親の介護をひとりで受け持つには、親を思う強い気持があったとしても、禁断の奥の手しか策がないのか。

「おかあさんー。食べ終ったでしょう」

ルカが母を促すと、母は無心に遠くを見ていた視線をルカに向け、「わかった」と、小さく笑った。

（6）

背景に木々の立ち枯れた山と荒涼とした不毛の、音の反応のない、もうこれ以上変化をもたらす過去も現在も存在しないカオスの風景があった。そこに桎梏《しっこく》の夕景にたたずむ、ふたりの幻影が、深くて静かな薄暗がりの中に沈み行く、ひび割れた歪な夕日の前にあった。

ルカとハルはその海岸で鉛色に淀む海に沈んでいくその夕日を眺めていた。履物を水打ち際に整えて置き、手を携えて、海の中へ入っていく。

やがて海の光はすべて、揺れ動くオレンジ色に染まっていった。いくたびも押しては引く波に足を洗わせながら、次第に色どりの少ない深みへと体を沈めていくと、少し温かい海水が腰下まで来た時、

「おかあさんー。この海の中でずっと暮らそうね」と、ルカが言うと、母は目の前の海に目を泳がせつつ、

「これで十分だよ。ありがとうね」と言った。

「もうじき、苦しまなくて、済むからね」

ルカは母の手を強く握りしめて、沖へ沖へとゆっくり進んでいった。


そこですべての夢想の回帰は静寂へと沈んでいった。

ルカは、ぱっと恐ろしい夢から目覚めたのである。寝汗がべっとりと全身を覆っていた。

ああ、悪夢で良かったと思う反面、自分の意識の中はこのような暗黒の意識が凝縮され、

かつて聡明であった母の存在を無にしたいのかと考えると、母を支えて暮らす現実が善と悪だけでは割り切れない、人間の逃げ場のない過酷な修羅場を、無意識的に自らが招き入れたとは言え、見たような気がした。


ある日の日曜日、朝食後、小さな木立のある公園へ日課として散歩に連れ出していると、身なりの奇麗な、ルカと同じ年頃の痩せた女性が杖をついて、入口付近で休んでいた。

ルカはどこかで見かけたような気がした。

ふと思い出した。

なんと、その女性は幼なじみのトシ子であった。

ルカはトシ子のあまりにも大きな変貌に言葉を失った。

その姿に心が震えた。

自分の名を名乗ることをやめた。

トシ子が苦しむだろうと考えたからだ。

ルカは少し立ち止まってから、慌てて、人のいない公園の中へ母を連れて行こうとした。

「奇麗な人ね」と、母が擦れ違いざまつぶやいた。

ルカは母が気分がいい朝だと思った。

そして、ルカの友達であったトシ子を認識していないのが、せめてもの救いであった。

「嬉しいわ」

トシ子は杖を両手で持ち、立ち上がって、ルカとハルの方へ顔を向けた。

「わたし、腫瘍で目が見えないの。おばさんの顔を見ることが出来ないの。でも、一日、一日、生きている限り、楽しいわ」

脳癌で、その日生きるのが精一杯のトシ子は、自分の目で確かめる事が出来ない、自らの歯痒《はがゆ》さを言葉に出した。

彼女は未曾有の苦しみを抱えていた。

時間が止まらない限り、次の朝が来る。

トシ子は生き続ける望みを捨てないで、明るく生きていた。

それが生きる人間の証なのだ。脇に立つルカに、言葉にならない思いが込み上げてきたが、今の自分の気力で返す力がない。

「だったら、触れてもいいわ」

ハルはルカから離れ、トシ子に近づき、そう言った。

トシ子は極端に細くなった白い左手だけで母ハルの顔をなぞっていった。

表情は分からないが、顔の輪郭だけを敏感に感じ取っていた。

「暖かいわ」

トシ子は、人の心を和らげるような、優しく明るい声で言った。

ルカの胸の動悸が高まり、トシ子に話しかけようとする激しい衝動を辛うじて抑えた。

ルカは、母のために夢を奪われたとしても、落ち込んでいる自分と、トシ子の生々しい不自由さを見比べた時、それと向き合うトシ子の強い決意が、持ち前の明るさと共に美しいと思った。今まで心の底に淀んでいた、気持の整理がつかなかった、もやもや感が次第に浄化されていくのが分かった。

ハルとトシ子は楽しそうに色々な話をしていたが、突然トシ子がハルの手を取って、「おばさん！　また、会おうね」と言ってから、家の方へ杖をつきながらゆっくりと確実に家の方へ戻っていった。トシ子のうしろ姿は、生きるという強い意志というものを、ルカに伝えているようだった。

そのリアルな現実がルカを、突き動かし、さらなる母親への介護心に向けさせた。

不完全な自我を捨て去り、限定された一回きり無情人生の深淵に立ち尽くしていながら、変化していく母に対して、屈折した感情を持ち続けていた自分を恥じ、本当の人の美しさとは、その先にある汚れのない人間観だと。

トシ子の壮絶な現実を共有出来ない、意味を悟り、寂寥《せきりょう》の思いに痛めつけられ、展望の望めない生き方のルカは、女優への夢と人生を向上させる大人への恋の固執を捨てて、それを補おうと、自分も頑張ろうと、自分自身の芯の強さを見せた。

あとがき

認知症をとりまく環境は、行政の出先機関である地域包括センター及び各保健所、そして、診察を担う病院、また、各種の老人ホーム、ディサービス、もろもろの家族の会など、社会的制度は整備が進められているにもかかわらず、かつて日本の高度成長を支えてきた人々であるが、四百万人にも増大していく認知症の現状の中で、認知症となった本人、そして家族も経済的、精神的に多大なダメージを受けている。

超高齢化社会の日本は活力を失い、認知症を持つ家族の現状は、極めて悲惨なもので、出口の見えない暗闇の世界である。

◎参考文献◎

『神々の島　沖縄久高島まつり』比嘉康雄氏

『日本人の魂の原郷、沖縄久高島』比嘉康雄氏

『モデルになるには』松木慶子氏

『沖縄の祭と芸能』本田安次氏

『アルツハイマーはなぜアルツハイマーになったのか』ダウエ・ドラーイスマ氏

『アルツハイマー病がわかる本』植木　彰氏

その他医学書

与儀清安（よぎ　きよやす）

若い頃、文芸同人雑誌を点々とする。
地方紙「和歌山新報」に「松下幸之助の原点」を連載した。
電子小説「愛の重さ」(2013)
「和佐富士は見た - 松下幸之助の伝説的原点」(2017) を上梓。
現在、リフォーム会社陶彩館勤務。

HT 賞の井上俊夫さんを祝う会にて。
中央の大柄な人が井上俊夫さんで、右後ろが若き日の著者。詩人小野十三郎氏の顔も見える。

（右　著者）
演歌系ポップス歌手トンペイさんの和歌山放送番組に出演。

レモネード（ライブハウス）で歌う著者。

小説　ルカの介護日記

2018年9月25日発行

著　者　与儀清安
制　作　風詠社
発行所　ブックウェイ
〒670-0933　姫路市平野町62
TEL.079（222）5372　FAX.079（244）1482
https://bookway.jp
印刷所　小野高速印刷株式会社

ISBN978-4-86584-350-7